AF216954

Love Nest 2nd

YUU MINADUKI
TEIL 1

LOVE NEST

MASATO HOZUMI

30 JAHRE, SYSTEMINGENIEUR.
DERZEIT BEI DER FIRMA
YOTSUTOMO BESCHÄFTIGT.
LITT LANGE AN EINER VERLORENEN
LIEBE, ERHOLT SICH ABER SEIT
DER BEGEGNUNG MIT ASAHI.
NIMMT NUR BEI WAHRER LIEBE
DIE BOTTOM-ROLLE EIN.

MASATO HOZUMI

38 JAHRE, ARCHITEKT.
BETREIBT IM EIGENEN
FIRMENGEBÄUDE SEIN BÜRO.
WOHNT EIN STOCKWERK
DARÜBER MIT
MASATO ZUSAMMEN.
WEGEN ZEUGUNGSUNFÄHIGKEIT
GESCHIEDEN.
LIEBT MASATOS KOCHKUNST.

LOVE NEST 1 UND 2

GERADE LITT MASATO NOCH AN
GEBROCHENEM HERZEN, ALS ER
DURCH SELTSAME UMSTÄNDE
PLÖTZLICH MIT ASAHI, EINEM
CHAOTEN IM MITTLEREN ALTER, EINE
WOHNUNG TEILT. FÜR ZÜNDSTOFF
IM ALLTAG IST GESORGT, ABER
NICHT NUR DAS ...

NARU (EIGENTLICH NARUSE)

ASAHIS ENGER FREUND AUS DER STUDIENZEIT.
JUNGUNTERNEHMER UND BESITZER DER BAR „MON
CHATON", DES STAMMLOKALS VON MASATO UND CO.
HAT NORMALERWEISE MEHRERE LOVER GLEICHZEITIG.

IKUO ARIMURA

28 JAHRE, KAUFHAUS-ANGESTELLTER.
MASATOS LIEBLING AUS DER STUDIENZEIT.
GEBORENER VERFÜHRER, DER UNBEMERKT DIE
HERZEN EROBERT.
IN EINER BEZIEHUNG MIT YOSUKE, SEINEM
SCHULKOLLEGEN AUS DER OBERSTUFE.

YOSUKE ITO

26 JAHRE, ANGESTELLTER DER FIRMA YOTSUTOMO.
ALS SEINE BEZIEHUNG MIT ARIMURA MAL VON MASATO
DURCHEINANDERGEBRACHT WURDE, GAB ES EINE
KRISE, ABER NUN HERRSCHT WIEDER FRIEDE.
TOTAL AUF ARIMURA FIXIERT.

KOSEI YAJIMA

29 JAHRE, ASAHIS JÜNGERER BRUDER.
MASATO STAND IHM FRÜHER MAL IN DER LIEBE IM WEG.
LEBT DERZEIT MIT SEINEM PARTNER IN L.A.

MARIE KURODA

30 JAHRE, MASATOS
KOMMILITONIN IN DER STUDIENZEIT.
HAT GROSSES VERSTÄNDNIS FÜR MASATO.
LEBT DERZEIT MIT EINER FRAU ZUSAMMEN.

LOVE NEST 2ND
INHALT

episode.1

Love Nest 2nd

GUT, DASS WIR VON IKU UND ITO DIE BROT-BACKMASCHINE ALS EINZUGS-GESCHENK BEKOMMEN HABEN!

NICHTS GEHT ÜBER SELBST GEBACKENES BROT, WAS? VOR ALLEM, WENN MAN BROT SO MAG WIE WIR BEIDE!

ICH HATTE KEINE AH-NUNG, DASS BROTBACKEN SO EINFACH IST!

HAH ... KÖSTLICH ... ❤

MÜSSTEN WIR DEN TEIG MIT DER HAND KNETEN, WÄRE ES SCHON WENIGER EIN-FACH ...

ECHT LECKER ...

** JAP. NEUJAHRSSUPPE MIT MOCHI

* REISKUCHEN

WIR SOLLTEN UNS BEIM NÄCHSTEN TREFFEN NOCH MAL BEDANKEN ...

ES IST DAS NEUESTE MODELL MIT MEHR FUNK-TIONEN. MAN KANN DAMIT AUCH PASTA UND MOCHI* MACHEN ...

WOW ...

SCHWELG

GENAU DAS RICH-TIGE FÜR NEUJAHR ...

FÜR ZONI** ... ❤

ANLEITUNG

PLAFF

DIESES ALTE GEBÄUDE GEHÖRT ASAHI.

IM ZWEITEN STOCK IST SEIN ARCHITEKTURBÜRO ...

... UND WIR WOHNEN NUN IM DRITTEN STOCK, DER ERST KÜRZLICH RENOVIERT WURDE.

REINIGUNG

REICHT ES DIR WIRKLICH ALS MIETE, WENN ICH DIE HÄLFTE DER AUSGABEN FÜR ESSEN, WASSER UND STROM ÜBERNEHME?

DU ZAHLST DOCH IMMER NOCH DEN KREDIT ZURÜCK ...

DIESE KOSTEN SIND DURCH DIE ANDEREN MIETEINNAHMEN GEDECKT, KEINE SORGE.

DAS EINE HAT MIT DEM ANDEREN NICHTS ZU TUN ...

AUSSERDEM KOCHST DU UND HAST AUCH SONST VIEL MEHR HAUSARBEIT.

UM MIR EINES TAGES ...

KLEINER SCHERZ ...

... MIT ASAHI ZUSAMMEN EIN HAUS BAUEN ZU KÖNNEN ...

ÄHEHE

SO!

DAMIT WÄRE DER VERTRAG NUN VOLLSTÄNDIG!

PON
PON

NAJA, ALLERDINGS ...

ALSO SEH ICH DEIN ANGEBOT MAL ALS AUSGLEICH MEINER GELEISTETEN HAUSARBEIT. VIELLEICHT KANN ICH MIR SO ETWAS GELD ANSPAREN.

... WÄRE ICH WOHL SCHON SAUER, WENN ICH EINFACH SO STÄNDIG WASCHEN UND PUTZEN MÜSSTE ...

JA, GENAU.

TU DAS!

MEIN FREIES SINGLE-LEBEN IST GE-SCHICHTE ...

NUN IST ER WIE SELBST-VER-STÄND-LICH AN MEINER SEITE.

BITTE SEIEN SIE NETT ZU MIR, HERR VERMIETER! ♥

ちゅっ
KISS

HEY ...

DAS MÄR-CHEN, DAS ICH MIR TIEF IM HERZEN AUSGEMALT HATTE, IST JETZT REA-LITÄT.

DU BIST GANZ VER-LEGEN ...!

SCHON ALLEIN HIER ZU STE-HEN, MACHT MICH GANZ KRIBBELIG ...

HA-HA!

PATAM

DU HAST ALLE MEINE WÜNSCHE BE-RÜCKSICHTIGT! SOGAR MEINE WUNSCHFARBE ROT!

JA, DIESE IST VIEL BESSER!

DIE KÜCHE, DIE DU WOLLTEST, WÄRE ZU HOCH GEWESEN. DA HÄTTEN DEINE ARME NICHT GEREICHT ...

KLACKA

JEDENFALLS IST DIE KÜ-CHE, DIE DU ENTWOR-FEN HAST, WIRKLICH PRAKTISCH!

GENAU AN MEINE KÖRPERGRÖSSE ANGEPASST UND MIT GESCHIRR-SPÜLER!

ICH MUSS WEG, HAB ETWAS ZU ERLEDIGEN.
NUR EINEN KUSS! ♥
FLAP
WENN DU DIESES GESICHT MACHST, WILLST DU GEWÖHNLICH MEHR ALS NUR KÜSSEN.
RAAAH
WAS SOLL DAS, VERDAMMT?!
DU ALTER SACK!
DRAMA-QUEEN ...
FLAP
FLAP
mon chaton
はぁ…
HAAAH
ICH WÜNSCHTE, ICH KÖNNTE BESSER MIT MASATOS TRIEBEN UMGEHEN ...
ER IST SCHON MORGENS KAUM ZU BREMSEN ...
もんもんもんもん…
BRUMMEL

WAAAS?

DER BAU IST ZWAR ALT, ABER LAGE UND RENDITE SIND NICHT ÜBEL! ES IST EIN PRIMA INVESTITIONSOBJEKT!

SO KONNTEST DU UNGESTÖRT RENOVIEREN, UND MASATO IST AUCH VOLL HAPPY!

ALS DEIN FREUND FREUE ICH MICH FÜR DICH. ABER DU KÖNNTEST ETWAS DANKBARER SEIN.

AUS DEINEM MUND KLINGT DAS ECHT NICHT LUSTIG, NARU.

MEINE GÜTE ...

WENN DICH DAS SO BELASTET, KANNST DU IHN GERN FÜR EINE WOCHE IN MEINE OBHUT GEBEN!

ICH WÜRDE DEM KÄTZCHEN SCHON BEIBRINGEN, DEN BEFEHL „WARTE!" BRAV ZU BEFOLGEN ...

NEIN, DANKE!

DREISTE ANSAGE, NACHDEM DU SO EINE FETTE VERMITTLUNGSGEBÜHR KASSIERT HAST!

WÜRDE ICH SEINER VERFÜHRUNG JEDES MAL NACHGEBEN, WÄRE ICH EIN KÖRPERLICHES WRACK!

UND WEIL MIR EIN GEWISSER JEMAND DAS BÜROGEBÄUDE AUFGESCHWATZT HAT, MUSS ICH AUCH NOCH SCHUFTEN WIE EIN PFERD!

DU ALTER KNACKER PRAHLST DOCH NUR MIT DEINEM LIEBESLEBEN!

KOMM SCHON ... ICH WEISS DOCH, WIE BEZAUBERND SO EIN STÖRRISCHES, LAUNISCHES KÄTZCHEN SEIN KANN!

DU WARST WOHL GERADE BEI IHM, HM?

WEISS MASATO DAVON?

NEUERDINGS BESUCHST DU DEINEN VATER WIEDER ZIEMLICH OFT.

NA JA, ICH MUSS ABER AUCH NOCH ANDERWEITIG SCHUFTEN WIE EIN PFERD ...

GARAN

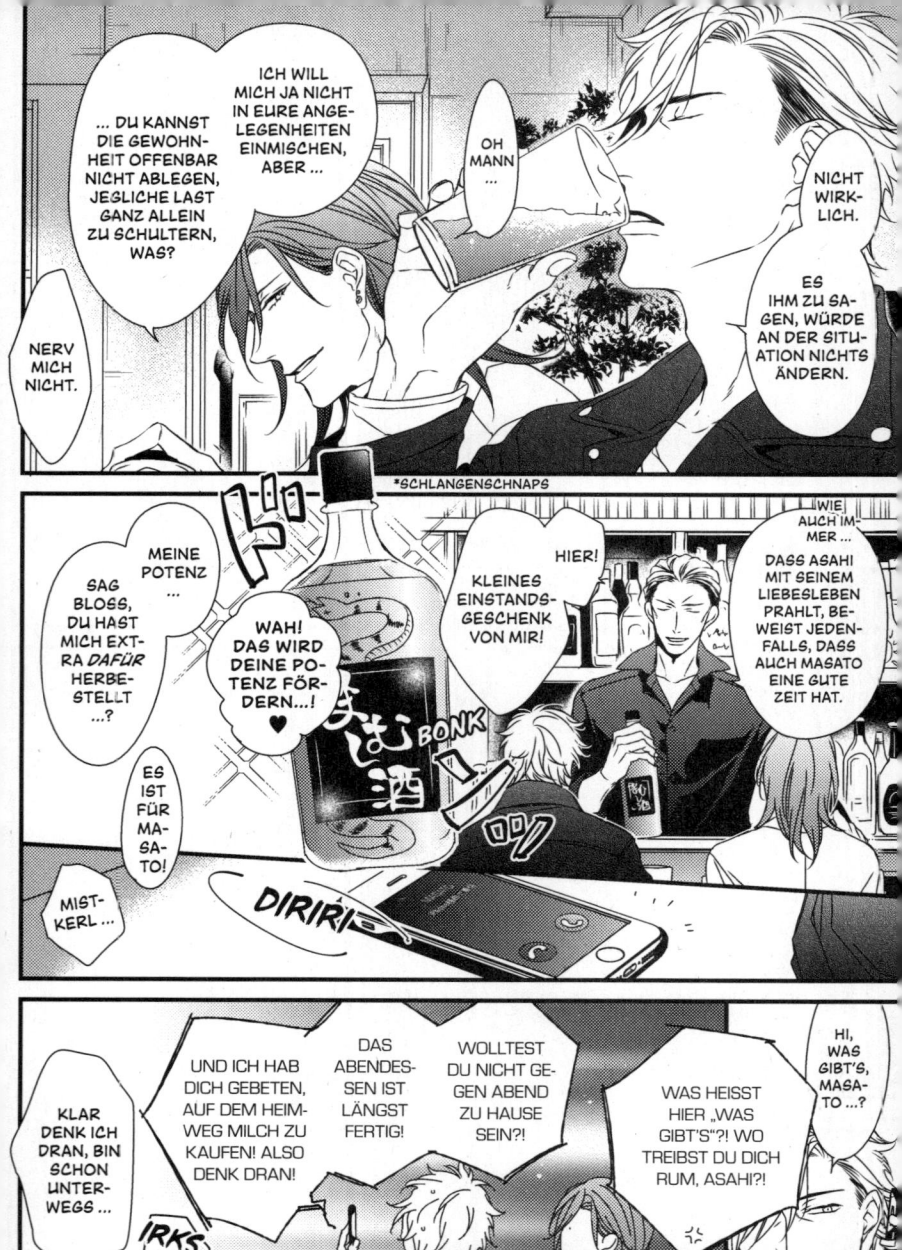

GARAN

GORON

HAH

HAH

HAH

DANKE FÜR DIE BEWIRTUNG ...

DAS WAR EIN LEIDENSCHAFTLICHER ANRUF VON MEINEM LOVER, ICH MUSS LOS ...!

OKAY, LEUTE ...

HACH, ICH FÜHLE MICH JA SO GELIEBT!

ER HÄLT IHN ECHT AN DER KURZEN LEINE ...

HEHEHEHE

GRINS

GRINS

MASATO IST EBEN EIN SÜSSER KERL, DA HAT ER KEINE WAHL.

VERBEUG

GUT, ALSO ...

... DANN VEREINBARE ICH EIN TREFFEN MIT DEM INNENARCHITEKTEN.

VIELEN DANK.

JA, UND SOBALD WIR DIE BESTÄTIGUNG HABEN, KONTAKTIEREN WIR SIE BEZÜGLICH DES ZEITPLANS.

GUT, ICH MELDE MICH, SOBALD ICH WEISS, OB ICH ZU SILVESTER KOMMEN KANN.

NEIN, HATTE ICH DIR DOCH GESAGT ...

JAJA, SCHON KLAR ...

HALLO?

BEI DIR ALLES OKAY?

JA, BIS DANN!

KLICK

AH, SIE IST AN-GEKOM-MEN? JA ..

JA, ZUSAM-MEN MIT EINEM BEKANN-TEN.

HAH ... DAS WAR MEINE MUTTER ...

ACH SO ...

SIE WOLLTE SICH WEGEN MEINER NEUEN ADRESSE VER-GEWISSERN.

OKAY, ICH MACH MICH MAL ANS KOCHEN.
NIMM DU SOLANGE EIN BAD.
OKAY ...
ÄHM ... DAS HEISST, WIR SOLLTEN DAS ROUTING BESSER NOCH MAL ÜBERPRÜFEN.
WIE LANGE WIRD DAS ETWA DAUERN?
WENN MÖGLICH, HÄTTE ICH DIE ERGEBNISSE GERN INNERHALB EINER WOCHE.
WIR KÖNNEN AUCH NICHT SICHER SEIN, OB ES EVENTUELL PROBLEME IM BEREICH DER ERSCHLIESSUNG GIBT.
DIE PRÜFUNG DER INFRASTRUKTUR WÜRDE ZWEI WOCHEN DAUERN. ZEHN TAGE MINDESTENS ...

TAP

MANN, ASAHI ...

PLÖTZLICH FÄNGT ER DAVON AN, SICH MEINER MUTTER VORZUSTELLEN ...

ICH HABE GELERNT, DIESE HEIKLEN THEMEN UM JEDEN PREIS ZU VERMEIDEN, AUSSER BEI FREUNDEN ...

HAAAH ...

SOBALD DAS ERGEBNIS DES INFRASTRUKTUR-TEAMS DA IST, WIRD ES WOHL TÄGLICH ÜBERSTUNDEN GEBEN ...

NUR RASCH NACH HAUSE ...

ALLERDINGS ...

ASAHI?

JA?

WARUM RUFST DU AN? IST IRGENDWAS PASSIERT?

ACH ...

SORRY, DASS ICH STÖRE ...

BZZZ

BZZZ

... FREUT SICH EIN TEIL VON MIR ÜBER DIESE ANSAGE.

ACH, ÜBRIGENS ...

DIESER HOZUMI IST IRGENDWIE SEXY, WAS?

NA JA, MAG SEIN ... ICH MEINE, FÜR EINEN KERL ...

FINDEST DU?

DU WIRKST NUN WIEDER GENAUSO LEBENDIG WIE FRÜHER.

FALLS ER ES WAR, DER ES DIR WIEDER LEICHTER UMS HERZ GEMACHT HAT ...

MEINEN SEGEN HÄTTET IHR!

... ICH DENKE, IN EINER GLEICHGE-SCHLECHTLICHEN BEZIEHUNG KANN SO EINIGES AUCH LEICHTER SEIN.

EH ...?

ICH HÄTTE ES EINFACH OKAY GE-FUNDEN ...

ES MAG VIELLEICHT AUCH EIN PAAR SCHWIE-RIGKEITEN GE-BEN, ABER ...

„BLOSS KEINE UNNÖTIGEN IN-FORMATIONEN AUSPLAU-DERN!"

WAS REDEST DU DA? DU BIST WOHL BETRUN-KEN ...

ギュッ
GNÜ

DIESES HÄSSLICHE DING BE-
TRACHTEST DU ALS DEINEN
LOVER? HÄTTEST DU DIR
WENIGSTENS EIN SÜSSES
KÄTZCHEN GENOMMEN, DAS
MIR ÄHNLICH IST! ALSO
ECHT, MANN ...!

HUH ...?

ÄHNLICHER
GEHT'S
DOCH GAR
NICHT ...

* MASATO BESCHWERT SICH BEI JEDEM BESUCH IM BÜRO ÜBER DIE KATZENFIGUR.

episode.2

Love Nest 2nd

FÜR BESSERE LEISTUNG IM JOB IST ES ABER AUCH WICHTIG, MAL WAS ZU UNTERNEHMEN!

ALS HART ARBEITENDER BÜRGER MÖCHTE MAN IN DER FREIZEIT AUCH MAL GEMÜTLICH ZU HAUSE ENTSPAN...

ACH KOMM SCHON, MASATO...

ER-WISCHT

ICH MEINE ...

HEY, ASAHI! WENN DU DIESES WOCHENENDE NICHT ARBEITEN MUSST, KÖNNTEN WIR DOCH EINEN KLEINEN TRIP MACHEN!

AUSSER DEM ZUM NÄCHSTEN CONVENIEN-CE-STORE ...!

DU LEIHST DIR SOLCHE FILME JA ÖFTER AUS ...

ICH KANN MICH DABEI NIE KONZENTRIEREN, WEIL NEBEN MIR STÄNDIG GESCHLUCHZT WIRD!

HALT DIE KLAPPE! WIE KANN JEMAND BEI »GESCHICHTE EI-NER SÜDPOL-EX-PEDITION« NICHT WEINEN? SIND DEINE TRÄNEN-DRÜSEN KAPUTT, ODER WAS?

OH NEIN, ICH AHNE SCHLIM-MES ...

DA LÄUFT GERADE EIN FILM, DEN ICH GERN SEHEN WÜRDE.

KINO WÄRE EIN GUTER KOMPRO-MISS ...

AH, HIER ... DER TRAI-LER!

»ES IST SO WEIT ...« (MO-NOTON GELEI-ERT)

WINTER, W... ...ME G...

SCHON WIEDER SO EIN TIER-FILM ...?

BITTE ALLES, NUR NICHT KINO, JA?!

BEI JEDER ANDEREN SORTE FILM PENNST DU NACH FÜNF MINUTEN EIN!

EGAL WIE OFT ICH SIE SEHE, DIE SCHLUSSSZE-NE, WO SABU-RO UND JIRO ALLEIN AUF DER BASIS ZU-RÜCKGELAS-SEN WERDEN ... NGH ...

RÜTTEL   RÜTTEL

HEY! MEIN DRINK!

Coffee
Recommend
Hot
BIP
UND? WURDE DAS PROBLEM GEFUNDEN?
DIE RESPONSE WAR JA SEHR UNGEWÖHNLICH ...
WIR MÜSSEN DIE TESTS NOCH MAL VON ANFANG AN DURCHLAUFEN LASSEN, ALSO BITTE BLEIBT DRAN.
DER RELEASE-TERMIN WIRD ALSO NICHT VERSCHOBEN, WAS?
DAS WIRD ENG ...
HI, ITO-KUN! DU MACHST DOCH NICHT ETWA ÜBERSTUNDEN?
AH! DAS HEISST WOHL, DASS IKU HEUTE SPÄTSCHICHT HAT, ODER?
SPAR DIR DEINE RÜCKSCHLÜSSE.
HOZUMI-SAN, DU WÄRST SICHER AUCH GERN FRÜHER ZU HAUSE, NICHT WAHR? MEIN BEILEID ZU DEN ÜBERSTUNDEN MOMENTAN ...
WENN DU MICH EINLÄDST, GEHE ICH GERN MIR DIR WAS ESSEN ODER TRINKEN, ITO ...
DAS MACHE ICH SICHER NICHT.
ERLEDIGE EINFACH DEINE ARBEIT UND DANN AB NACH HAUSE.
TJA, WEISST DU ...
... NORMALERWEISE MEIDEST DU MICH WIE DER TEUFEL DAS WEIHWASSER, ABER HEUTE BIST DU NICHT VOR MIR GEFLOHEN ...
GNÜ
KANN ES SEIN, DASS DU MICH IN WAHRHEIT DOCH MAGST?

GLAAA チ リ ッ

HUH?

ANTWORTE MIR EHRLICH!

AH, ÜBRIGENS ...

DARF ICH DIR EINE GANZ DIREKTE FRAGE STELLEN?

WAS DENN? WEISS ER ETWA ...?

BIST DU IN DIESER POSITION, WEIL DU IHN WEGEN IRGENDEINER SACHE AN DEN EIERN HAST?

IN WELCHER ART VON BEZIEHUNG STEHST DU ZU ASAHI?

ガ !! ッ リ ッ

GRAPP

DOCH WOHL NICHT, ODER?

ABER TETSU-SAN, DU BIST JA ZIEMLICH BESORGT UM ASAHI.

ALLES KLAR, DANN IST JA GUT!

UFF ...

WIE SCHON GESAGT, WIR SIND EINFACH NUR EINE WG!

NEIN, MANN!

ICH LEISTE KORREKT MEINEN BEITRAG ZUR MIETE UND DEN ANDEREN KOSTEN!

MASATO IST ETWAS ÜBEREIFRIG.

RICHTE IHM AUS, DASS ER NICHT STÄNDIG FOTOS SCHICKEN MUSS!

ALSO DANN, PASS AUF DICH AUF, KOSEI ...

... UND GRÜSS MIR JUN!

AH! NOCH WAS, BRÜDERCHEN!

HM?

HEHE ...

MACH ICH.

ICH KOMME GERADE RICHTIG FÜR DIE NÄCHSTE VORSTELLUNG.

CINEMA

LÄRM

LÄRM

LOHNT NICHT, JETZT NOCH MAL ZURÜCK INS BÜRO ZU GEHEN.

ICH MACHE FÜR HEUTE FEIERABEND.

MASATO WOLLTE JA NICHT MIT MIR INS KINO ...

LÄRM

... UND ICH WAR SCHON VOLL AUFGEREGT, ABER DANN KAM ER MIT EINEM SCHROTTREIFEN MINIVAN AN ...

HINTEN VOLL MIT LEITERN UND ANDEREM HANDWERKSZEUG, DAS DIE GANZE ZEIT LAUT KLAPPERTE ...

HUH? ASAHI-SAN?

ICH KANN DIR GAR NICHT SAGEN, WIE ENTTÄUSCHT ICH ...

HAAAH ...

BEI EUCH IST IKU FÜR DEN AUTOKAUF ZUSTÄNDIG, RICHTIG?

DARUM DIESES COOLE SPORTMODELL!

BEI EINEM FIRMENWAGEN KANNST DU DICH NICHT BESCHWEREN, WENN ER KLAPPRIG IST.

UND ICH KANN DIR GAR NICHT SAGEN, WIE UNINTERESSANT ICH DEINE FANTASIEN VOM IDEALEN AUSFLUGSDATE FINDE, HOZUMI-SAN.

...

SO WAS WILL ICH AAAAAUCH ...!

MEINE VER-
GELTUNG WAR
SCHON IN
DEM MOMENT
ERLEDIGT, ALS
ICH DICH MIT
DEM RÜCKEN
ZUR WAND
HATTE.

WENN DU
WIRKLICH EIN
ARSCHLOCH
WÄRST, WÜRDE
ER NUR SO
TUN, ALS WÄRE
ALLES IN ORD-
NUNG ...

... SICH
ABER BE-
STIMMT KEIN
BISSCHEN
UM DICH
SORGEN.

JA, DIESES
VERTRAU-
EN HAB ICH
IN IHN.

AU-
SSER-
DEM
...

... KÖNNTE ICH
NIEMANDEM
VON HERZEN
BÖSE SEIN ...

... DER SICH IN
DEN SENPAI
VERLIEBT ...

HEH
...

HAHA!

WER ALSO
IKU MAG,
KANN KEIN
BÖSER
MENSCH
SEIN?

REDE NICHT
VON IHM, ALS
WÄR ER EIN
TIER!

...
SELBST
WENN
ICH
WOLL-
TE.

LÄSTIG FINDE ICH EHER DIE LEUTE, DIE SO BEMÜHT AUF VERSTÄNDNIS-VOLL MACHEN.

UND WENN JEMAND TOTAL ABLEHNEND IST, KANN MAN IHM JA AUS DEM WEG GEHEN.

MANN, WIE KÖNNT IHR DAS ALLES SO LOCKER NEH-MEN?!

IHR HABT IN EURER SENSIB-LEN JUGENDZEIT OFFENBAR NIE DARAN GELITTEN, DASS IHR NICHT WIE ALLE ANDE-REN WART!

ICH HÄTTE EIN TOTALES PROBLEM, WENN MEIN UMFELD ÜBER MICH BESCHEID WÜSSTE!

BEI DENEN HAB ICH IMMER DAS GEFÜHL, DIE HEFTEN MIR IN IHREN KÖPFEN FETT DAS ETIKETT »SCHWUL!« AUF.

EIN ETI-KETT?

WAS WÄRE DENN SO SCHLIMM DA-RAN? ICH DENKE, HEUTZUTAGE GIBT ES IMMER MEHR MENSCHEN, DIE DAS AKZEPTIE-REN.

»SCHWUL ZU SEIN IST HEUTZUTAGE IRGENDWIE GANZ COOL, ODER?«

AN MEINEM FRÜHEREN ARBEITS-PLATZ GAB ES EINEN GEOUTETEN SCHWULEN.

... DARUM STANDEN ALLE HINTER IHM UND ES GAB KEINE NEGATIVEN REAKTIO-NEN, ABER ...

NA JA, BEI DER FIRMA WURDE DIVERSITÄT GROSSGE-SCHRIEBEN ...

ES WAR DANN IRGENDWIE ZU VIEL DES GUTEN.

IMMER WENN ICH SO WAS MITHÖRTE, TAT ER MIR RICHTIG LEID ...

»DU MUSST DICH NICHT ZWINGEN MITZUKOMMEN ...«

»ACH, BEIM UMTRUNK WERDEN DIESMAL AUCH VIELE FRAUEN SEIN ...«

»FRÜHER MUSST DU WOHL SCHLIMME SACHEN ERLEBT HABEN ...«

MAN HAT VIEL EHER SEINEN FRIEDEN, WENN MAN SICH NICHT OUTET.

ICH WILL NICHT FÜR ALLE DER »SCHWULE MASATO HOZUMI« SEIN ...

... SONDERN SCHLICHT UND EINFACH »MASATO HOZUMI«.

WAS DU DA VORHIN GESAGT HAST ...

ICH WÜRDE NICHT WOLLEN, DASS WILDFREMDE BEI DER SACHE ZWISCHEN MIR UND DEM SENPAI REINREDEN.

UND AM ALLERWENIGSTEN WILL ICH ...

... DASS ER DADURCH IRGENDWIE VERLETZT WIRD.

MIR SELBST IST ES ZIEMLICH EGAL, WIE ANDERE VON MIR DENKEN, ABER ...

... ICH VERSTEHE SCHON, WORAUF DU HINAUS WOLLTEST.

ES IST DER EINZIGE GRUND, WARUM ICH ZÖGERE, DRITTE VON UNSERER BEZIEHUNG WISSEN ZU LASSEN.

DAS GILT AUCH FÜR MEINE ELTERN ...

JEDER HAT DA SEINE EIGENEN ANSICHTEN!

DAFÜR HAB ICH NATÜRLICH VERSTÄNDNIS!

POFF

ABER DAS HAT
WAHRSCHEIN-
LICH NICHT
NUR NACH-
TEILE.

DASS
ICH ES SO
BETRACHTEN
KANN, VERDANKE
ICH WOHL ASAHI,
DER AN DER SEITE
MEINES "HEUTIGEN
ICHS" STEHT.

... KANN
ICH NICHT
WISSEN, WAS
IN WEITEREN
ZEHN JAHREN
SEIN WIRD.

SO WIE MEIN
ICH VOR ZEHN
JAHREN ...

... SICH MEIN
JETZIGES
ICH NIEMALS
HÄTTE
VORSTELLEN
KÖNNEN ...

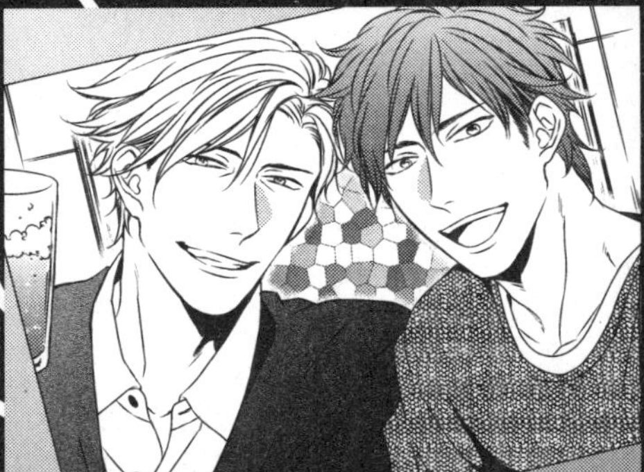

* INTENSIVE FREUNDSCHAFTSPFLEGE

episode.3

Love Nest 2nd

ICH HAB IHN NICHT MAL ZUM SEX VERFÜHRT ...

SCHLÄFT ER ETWA NICHT GUT?

PING

... ER HAT GRADE KEINE DEADLINE UND ICH HABE NICHT DEN EINDRUCK, DASS ER WIE BLÖDE RACKERN MUSS ...

KLAR, SEIN JOB IST INTENSIV, ABER ...

TAK

TAK
TAKA
TAK

PURURURU

TAK
TAK

ASAHI HATTE WIEDER DUNKLE AUGENRINGE.

DIE HAT ER NEUERDINGS OFT.

< ASAHI

ICH MUSS MIT EINEM KUNDEN ZU ABEND ESSEN, WIRD ALSO ETWAS SPÄTER BEI MIR.

15:08

on chaton

15:10 ALLES KLAR.

PING

Aa

ZU HAUSE ALLEIN ZU ESSEN, IST DEPRIMIEREND ...

BESSER IRGENDWO AUF DEM HEIMWEG.

DIE HIER FÖRDERT DEN KREISLAUF UND LIEFERT WERTVOLLE NÄHRSTOFFE.

MAN MUSS DEN KÖRPER EBEN VON INNEN HERAUS STÄRKEN.

AUSSERDEM SCHÜTZT SIE VOR ERKÄLTUNGEN.

BLA BLA

BLA BLA

... NACH EIN PAAR DRINKS FÄLLT DAS NICHT MEHR SO AUF.

ZUGEGEBEN, DER GESCHMACK LÄSST ZU WÜNSCHEN ÜBRIG, ABER ...

TAP

TAP

HEUTE HABE ICH AUF ARBEIT KEINE DRINGENDEN AUFGABEN.

WENN ICH NACH HAUSE KOMME, WERDE ICH MICH NACH SEINEN WÜNSCHEN RICHTEN.

AH, HIER OBEN BIST DU ALSO, MASATO!

DU SUMMST EIN LIEDCHEN. BIST GUT GELAUNT, WAS?

IHN DESHALB GLEICH ZU BESCHATTEN, WÄRE ÄUSSERST FRAGWÜRDIG!

WO DENKST DU HIN, NARU ...!!!

FOLGE

IHM!

WARUM NICHT?

ABER NA JA ... UM ASAHIS UNSCHULD ZU BEWEISEN, IST ES WOHL UNVERMEIDLICH.

UND DAHER ZULÄSSIG!

HM ...?

DAS IST DOCH ...

SENIORENPFLEGEHE...

HEIMATBRISE

GRAPP

NGH ...

ACH! SIE SIND EIN BEKANNTER VON YAJIMA-SAN?

NUR HEREIN!

WAS MACHST *DU* DENN HIER?

EIN PFLEGE- HEIM FÜR SE- NIOREN?

BESUCHEN SIE HIER JEMAN- DEN?

IRKS

EH? ACH! NEIN, ÄH ...

EIN ... BEKANN- TER VON MIR IST ...

MIST! ICH WIR- KE TOTAL VER- DÄCHTIG!

... ALS ICH DICH FRAG- TE, WOHIN DU GEHST ...

D... DU HAST MIR EBEN KEINE RICHTIGE ANTWORT GEGEBEN ...

...

WANN HAST DU BEMERKT, DASS ICH DIR AUF DEN FERSEN BIN?

ICH WETTE, NARU HAT DICH DAZU ANGESTIF- TET.

WARUM DIESE BRIL- LE? ETWA ZUR TARNUNG?

WENN SO EIN KLOTZ VON MANN EINEM HINTERHER- SCHLEICHT, MERKT MAN DAS EBEN.

... ERINNERE ICH MICH WENIGER AN DIE SCHLIMMEN ERINNERUNGEN, SONDERN VIELMEHR AN DIE SCHÖNEN.

ABER WENN ICH MIR MEINEN VATER SO ANSEHE ...

DIE SORGE UM IHN RAUBT IHM SOGAR DEN SCHLAF ...

... LÄSST SEINEN VATER SELBST IN DIESEM ZUSTAND NICHT IM STICH.

ASAHI ...

... HATTE ICH KEINE AHNUNG DAVON ...

OBWOHL ICH AN SEINER SEITE LEBE ...

WIE KÖNNTEN DAS „UNNÖTIGE GEDANKEN" SEIN?

SORRY, DASS ICH NICHTS GESAGT HABE.

FÄNDEST DU ES LÄSTIG, WENN ICH WEGEN DEINES VATERS ... ODER ÜBERHAUPT WEGEN DEINER ANGELEGENHEITEN BESORGT WÄRE?

ICH WOLLTE NICHT, DASS DU DIR UNNÖTIGE GEDANKEN MACHST ...

WENN DU HIER RUMLIEGST, OHNE DIE HEIZUNG ANZUMACHEN ...

... HAB ICH KEIN MITLEID, WENN DU DICH ERKÄLTEST!

HEY, ASAHI!

UND DANN SAH ICH, DASS IM BÜRO NOCH LICHT WAR ...

ICH MUSSTE ETWAS FÜR MASATO VORBEIBRINGEN, DA WOLLTE ICH MIR MAL EURE NEUE ADRESSE ANGUCKEN.

WAS WILLST DU, NARU? WENN ES UM DIE ARBEIT GEHT ... DIE KANN BIS MORGEN WARTEN.

EIN
SCHLAFLIED
...

WAS SOLL
DAS ...?

SOBALD ICH
ZU HAUSE BIN,
SCHIEBE ICH
DAS MARINIER-
TE HÜHNCHEN
IN DEN OFEN.

DANN
KOMMEN
SALAT UND
SUPPE ...

DIE
BESTELLTE
TORTE WIRD
ASAHI ABHO-
LEN.

WUSEL

WUSEL

ER HAT BE-
STIMMT KEIN
GESCHENK FÜR
MICH, ALSO
EGAL ...

SLOING

ZASA

AH,
RICHTIG
...

episode.4
Love Nest 2nd

ZZZZ

ZZZZ

MH...
ASAHI...
DEINE
HÄNDE
SIND
KALT...

ZASA

ROLL

SORRY, DIESER ANRUF KÖNNTE LÄNGER DAUERN, ICH WERDE HIER IN DER KANTINE ESSEN.

SAG MIR NÄCHS-TES MAL WIEDER BESCHEID!

GEHT KLAR!

DILING DILING

OH, KLINGT GUT! ICH KOMME MI...

!

HOZUMI-SAAAN! WAS MACHST DU HEUTE MITTAG?

WIR HATTEN VOR, ZU „YOSHIDA"* ZU GEHEN.

* RAMEN-LOKAL

NEIN, ALLES GUT, MEINE MITTAGSPAUSE FÄNGT GRADE AN.

BIST DU GRADE SEHR BESCHÄF-TIGT?

WAHA!

GUT, DANKE. WIR MAILEN UNS JA OHNE-HIN ÖFTER.

HALLO?

KOSEI! LANGE NICHT VON DIR GE-HÖRT! WIE GEHT'S?

ER HAT SIE TATSÄCH-LICH GE-SCHICKT ...

Merry Christmas

ACH, IST MEIN GESCHENK SCHON ANGEKOM-MEN?

KEINE URSA-CHE!

FERN DER HEIMAT WEISS MAN SO WAS ZU SCHÄTZEN, WAS?

VIELEN DANK ...

JA! HEUTE MORGEN, ZUSAMMEN MIT DER WEIHNACHTS-KARTE!

DIE METHO-DE DER GEFRIER-TROCK-NUNG IST ECHT GENIAL!

VERSCHIEDENE MISOSUPPEN

UND DU AHNST NICHT, WIE BEGEISTERT JUN IST!

SEIN GELIEBTER

GLIMPS

WAS SOLL DAS DENN HEISSEN?

NEIN, EHRLICH!

ICH FREUE MICH SEHR! DIE DINGER SIND EINFACH ZUZUBEREITEN UND LANGE HALTBAR!

HAB GLEICH DAVON PROBIERT!

ASAHI HAT MIR BEI DER AUSWAHL GEHOLFEN. ER SOLLTE DEINEN GESCHMACK JA KENNEN.

HÄTTE NICHT GEDACHT, DASS DU SO ZU DEINEM WORT STEHST, MASATO.

NA EGAL, DAS KRATZT MICH NICHT WIRKLICH.

KOSEI IST EBEN EIN MISERABLER KOCH ...

DAS MAG ER OFFENBAR VIEL MEHR ALS MEINE KOCHKÜNSTE ...

TJA, DARUM WILL ICH AUCH, DASS ER NOCH FÜR EIN WEILCHEN IN DEINER OBHUT BLEIBT.

ÄHEM

SORG BITTE WEITERHIN SO GUT FÜR IHN!

ABER HÖR MAL! ICH KANN MIR MEINEN BEQUEMEN BRUDER KAUM VORSTELLEN, WIE ER IM DICHTEN MENSCHENGEDRÄNGE GESCHENKE AUSWÄHLT!

UND ER ISST JETZT AUCH BRAV SEIN GEHASSTES GEMÜSE!

DU WIRKST ECHT WUNDER, MASATO!

FINDEST DU? AN SEINER BEQUEMLICHKEIT HAT SICH ABER NICHTS GEÄNDERT.

KEINE AH-
NUNG, WAS
DIR MEIN BRU-
DER ERZÄHLT
HAT, ABER ...

... ICH WILL NICHT,
DASS JEMAND, DER
NICHT MAL ZUR FA-
MILIE GEHÖRT, SEI-
NE NASE IN UNSERE
ANGELEGENHEITEN
STECKT.

DIE SACHE
GEHT DICH
NICHTS AN,
MASATO.

ICH HABE
GEHÖRT,
DASS EUER
VATER EIN
SCHWA-
CHES HERZ
HAT.

DAS
STIMMT,
ABER ...

SAG
MAL,
KOSEI ...
BIST DU SI-
CHER, DASS
DU NICHT
KOMMEN
MAGST UND
MAL NACH
IHM SEHEN
WILLST?

HÖR
MAL ...

WAS IST LOS, MASATO? DU STARRST SO VOR DICH HIN ...
WENN DU DEINE GYOZA NICHT ISST, NEHM ICH SIE!
ZOPP
ICH WERDE SIE ESSEN!
GASCH
ALSO WIRKLICH ...!
OCH ...
ICH WAR DOCH BLOSS EIN WENIG IN GEDANKEN VERSUNKEN.
DENK LIEBER DRAN, DASS DU MIR ZU NEUJAHR EINEN TAGESTRIP VERSPROCHEN HAST!
SCHON ÜBERLEGT, WO ES HINGEHEN SOLL?
HM? DAS HATTE ICH ECHT VERSPROCHEN?
SPIEL JETZT BLOSS NICHT DEN DUMMEN!
HAHA!
ENDLICH HATTE ICH KOSEI EIN WENIG AUF MEINER SEITE ...
... UND DANN HAB ICH'S VERMASSELT.
ES SOLLTE EIN MÖGLICHST MENSCHENLEERER ORT SEIN.
GAR NICHT TYPISCH FÜR MICH ...

MEINE MUTTER IST BESORGT UND RUFT MICH MANCHMAL AN, ABER ES FÄLLT IHR SCHWER, MICH ZU VERSTEHEN.

SIE WILL MICH IMMER NOCH ZU EINER VERMITTELTEN EHE ÜBERREDEN!

NA JA, WIR HABEN AUCH EINE MENGE ZUSAMMEN DURCHGEMACHT ...

UMSO GLÜCKLICHER BIN ICH, DASS SICH MEIN TRAUM NUN ERFÜLLT HAT.

STIMMT, DA WAR SO EINIGES ...

DEINE ELTERN WOLLTEN DIR JA EINE EHEVERMITTLUNG AUFBRUMMEN!

HM ...

HATTEST DU SEITHER KONTAKT MIT IHNEN?

DU WURDEST NACH DEINEM COMING-OUT SOGAR ENTERBT, NICHT WAHR?

DU WILLST NICHT, DASS EUER UMFELD DAVON WEISS, WEIL DU DIR EIN FRIEDLICHES LEBEN WÜNSCHST, NICHT WAHR?

GENAU WIE HIYORI ...

ICH DAGEGEN GEBE FURCHTBAR ACHT, DASS UNSERE BEZIEHUNG NICHT AUFFLIEGT.

ASAHI NIMMT DIE SACHE ZIEMLICH LOCKER, ODER VIELLEICHT MACHT ER SICH WENIGER GEDANKEN.

HAHA

JA, TYPISCH DU!

ABER ICH BIN ÜBER MEIN OUTING ERLEICHTERT. DIESES GEHEIMNIS ZU HÜTEN, HÄTTE NICHT ZU MIR GEPASST.

... IN LETZTER ZEIT BIN ICH MIR NICHT MEHR SICHER ...

... OB ICH „MIT DER SITUATION KLARKOMME" ...

ABER, NA JA, SO WAS WIE EINE RICHTIGE LÖSUNG GIBT ES NICHT.

WENN BEIDE MIT DER SITUATION KLARKOMMEN, KANN MAN SCHON ZUFRIEDEN SEIN.

JA, DAS SEHE ICH AUCH SO, ABER ...

SO IST ES NUN MAL, WENN MAN DAS LEBEN MIT EINEM MENSCHEN TEILT, DER ANDERS DENKT, ALS MAN SELBST.

ES BRAUCHT ZEIT, UM EINANDER VERSTEHEN ZU LERNEN.

ZWIP

WEIL DU EBEN NICHT MEHR ALLEINE BIST!

WENN ICH SO DARÜBER NACHDENKE ...

ASAHI UND ICH KENNEN UNS NOCH NICHT MAL EIN JAHR.

OJE, SEHR BEDENKLICH ...

ACH, DER ALTE SACK KOMMT NICHT MAL IN STIMMUNG, WENN ICH SEXY UNTERWÄSCHE TRAGE.

IHR SEID SO WAS WIE EIN FRISCH VERMÄHLTES PAAR.

ES REICHT, WENN DU EINFACH NUR SÜSS BIST UND DEINE HAUT STRAHLEN LÄSST! ♥

GRABBA

AUF DIESE WEISE KANN ICH EINFACH NIE ENTSPANNT SEIN.

MEINE EIFERSUCHT ... ICH REAGIERE ECHT AUF JEDEN DUMMEN WITZ, DEN ER MACHT.

GNÜ

EIGENTLICH KÖNNTE ASAHI AUCH ETWAS MEHR INITIATIVE ZEIGEN! ICH HAB DAS GEFÜHL, DASS BLOSS ICH NACH IHM VERRÜCKT BIN UND NICHT UMGEKEHRT! DAS WURMT MICH TOTAL!!!

ICH HATTE MICH AUCH ALS ERSTER IN IHN VERLIEBT ...

WIE GEHTS DEINEM VATER? HABEN SIE IHN AUS DEM KRANKENHAUS ENTLASSEN?

DEM GEHTS GUT. NICHT KLEINZUKRIEGEN, DER ALTE.

HALLO ...

DU KOMMST ZIEMLICH FRÜH.

BIN WIEDER DA!

DU DARFST SIE NIE WIEDER TREFFEN!

SONST GEHST DU DOCH IMMER IN DIE LUFT, WENN ICH SOLCHE SACHEN SAGE?

WAS IST LOS MIT DIR, MASATO?

KEINE SORGE!

SMÜÜ

ICH BIN EBEN NICHT MEHR, WIE ICH MAL WAR!

PAH!

WÄHREND DU DEINE RUNDE GEMACHT HAST, KONNTE ICH SIE AUCH ALLEIN GANZ GUT UNTERHALTEN!

HM...?

DABEI WOLLTE ICH NOCH CHECKEN, OB WELCHES DA IST.

ECHT DOOF...

MIST, DAS KIMCHI IST ALLE.

MARKIERE DIE FÜR DICH INTERESSANTEN REISEZIELE MIT KLEBEZETTEL!

HIER, WAS ZU LESEN, WÄHREND DU WARTEST!

NEIN, ICH HATTE HEUTE LUST AUF SCHARFES ESSEN!

ICH GEH MAL WELCHES KAUFEN.

MIR REICHT AUCH EINTOPF MIT SCHWEINEFLEISCH.

DU HAST DIE DEFIZITE DEINES VATERS GEERBT.

AUCH DU KANNST DIE FRAU, DIE DU LIEBST, NICHT GLÜCKLICH MACHEN.

DU KANNST SCHLIESSLICH KEINE KINDER ZEUGEN, NICHT WAHR, ASAHI?

MASATO ZEIGT AN MEINER SEITE DOCH OFT EIN GLÜCKLICHES LÄCHELN.

DAS STIMMT NICHT.

MIT EINEM MANN ALS PARTNER IST EBEN ALLES LEICHTER, WAS?

NUN MUSST DU DIR NICHT MEHR UM IRGENDWEL-CHE DEFIZITE GEDANKEN MACHEN.

ES TUT MIR LEID, ABER DAS KIND ...

ICH HABE MASATO AUSSCHLIESS-LICH DESHALB GEWÄHLT, WEIL ICH MIT IHM ZUSAMMEN SEIN WOLLTE.

NEIN ...

... IST NICHT VON DIR.

ABER ES IST OFFENSICHTLICH, DASS ES DIR NUN PSYCHISCH BESSER GEHT.

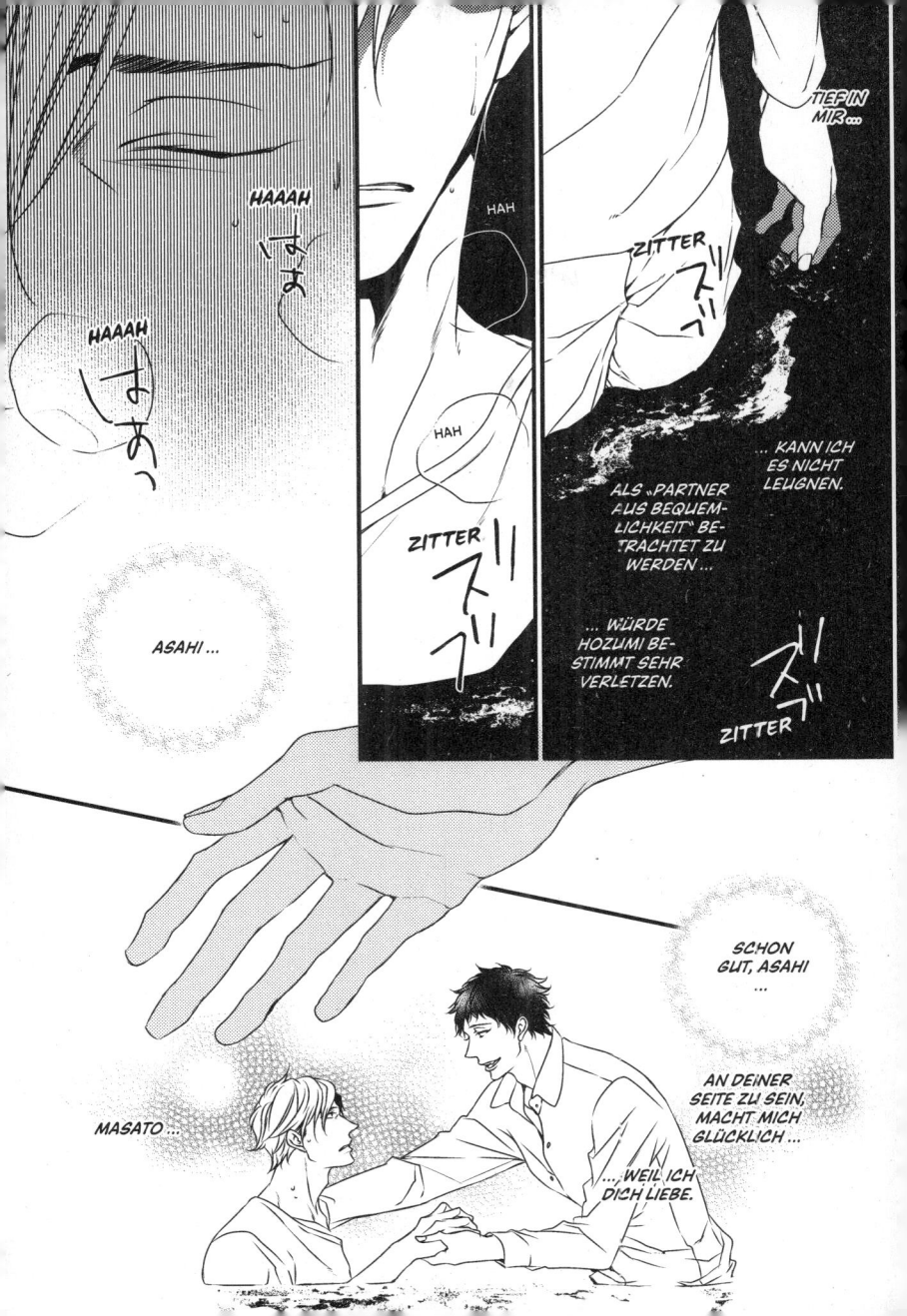

HAAAH

HAAAH

HAH

HAH

ZITTER

ZITTER

ASAHI ...

TIEF IN MIR ...

ZITTER

... KANN ICH ES NICHT LEUGNEN.

ALS „PARTNER AUS BEQUEMLICHKEIT" BETRACHTET ZU WERDEN ...

... WÜRDE HOZUMI BESTIMMT SEHR VERLETZEN.

ZITTER

SCHON GUT, ASAHI ...

AN DEINER SEITE ZU SEIN, MACHT MICH GLÜCKLICH ...

MASATO ...

... WEIL ICH DICH LIEBE.

episode.5

Love Nest 2nd

NARU NIMMT MICH JEDES JAHR UM DIESE ZEIT ZU EINEM EVENT MIT.

... DASS ICH HEUTE ABEND SCHON WAS VORHABE.

FSHHHH

HEUTE IST DEIN LETZTER ARBEITSTAG, RICHTIG?

PAT

PAT

WANN ETWA WIRST DU NACH HAUSE KOMMEN?

AH, ICH HAB DIR VERGESSEN ZU SAGEN ...

NARU? IHR BEIDE WOLLT ES ALSO SCHON VOR DEM JAHRESWECHSEL KRACHEN LASSEN?

PRIMA! ICH WILL AUCH MIT!

SPLASH

SLPASH

HMM, WENN DU HEUTE ABEND OHNEHIN WEG BIST, WERDE ICH VIELLEICHT AUCH AUSGEHEN.

ZUFÄLLIG HAT MICH GRADE EIN ALTER FREUND KONTAKTIERT.

EIN ALTER FREUND?

AHA! DA DU FÜR DIE GESCHÄFTSWELT NICHT SO GEEIGNET BIST, WÜNSCH ICH DIR EIN GUTES DURCHHALTEVERMÖGEN! ♥

ES NERVT, ABER IN MEINER BRANCHE IST NETWORKING EBEN WICHTIG.

ÄHM, WEISST DU ...

ZU DEM EVENT KOMMEN NUR IMMOBILIENHEINIS. DAS WÄRE NICHT UNTERHALTSAM FÜR DICH.

SWIFF

SWIFF

WENN JEDE BÜROKABINE EIN EIGENES DESIGN BEKOMMEN SOLL, MÜSSEN WIR DIE MATERIAL-KOSTEN NEU KALKULIEREN.

AUCH DIE BELEUCHTUNG WIRD HIER GEDÄMPFTER SEIN ALS IN DEN ANDEREN BEREICHEN.

DIE SCHWACH-PUNKTE DES KONZEPTS UNSERES KUNDEN LIEGEN IN ...

IN DIESEM SPACE SOLL ES EINE NIED-RIGERE DECKE GEBEN. DAS STEIGERT DIE KONZENTRA-TION.

OKAY, UND HIER SIND DIE PLÄNE FÜR DIE CO-WOR-KING-SPACES VOM ERDGE-SCHOSS BIS ZUM ZWEITEN STOCK.

ズル
ル

SLUFF

GUT, DANN MA-CHEN WIR ES SO.

DAS HIER ÜBERGEBEN WIR DEM KUNDEN NACH DEN FEIERTA-GEN.

ACH, ÜBRIGENS ... TETSU HAT MICH NEULICH FÖRM-LICH ANGEFLEHT ...

ICH SOLL DICH UNBEDINGT ZU DIESER KUPPELPARTY ÜBERREDEN ...

JA, GUTE ARBEIT! WEITER SO IM NÄCHSTEN JAHR!

DAS WAR'S ALSO FÜR DIESES JAHR!

DARAUF HOFFE ICH AUCH, TAKAMI!

HUH?

PATAM

ARCHITEKTURBÜRO

DANN WÜNSCHE ICH EUCH BEIDEN SCHON MAL ...
... ALLES GUTE FÜRS NEUE JAHR!
ASAHI ...
KANN ICH NOCH SCHNELL EINE RAUCHEN, BEVOR WIR INS AUTO STEIGEN?
HUH?
KEIN PROBLEM, ABER HATTEST DU ES NICHT EBEN NOCH SEHR EILIG?
TAP
NA JA, ICH WILL MEIN GELIEBTES AUTO NICHT VERPESTEN.
TAP
FUUUUH ...
DEINE KOLLEGIN ... HAT DIE SICH NICHT VOR EIN PAAR JAHREN SCHEIDEN LASSEN?
IST SIE JETZT SINGLE?
TAKAMI? JA, ICH DENKE SCHON ...
LASS SIE BLOSS KEINE GELEGENHEIT BEI DIR WITTERN. DAS KÖNNTE SONST MÜHSAMER WERDEN ALS JEDE KUPPELPARTY.
HUH? WOVON REDEST DU?
HEY, DU HAST UNS BELAUSCHT!
WIE AUCH IMMER. PASS EINFACH AUF, DASS DEINE ARBEIT NICHT DARUNTER LEIDET!
TZ ...

MEINE GÜTE, LASTET AUF DIR ETWA EIN FLUCH, DER DICH UNRUHIG MACHT, SOBALD DU GLÜCK EMPFINDEST?

DEIN BLICK PASST GRADE SO GAR NICHT ZU DEINEN WORTEN.

...

TJA, MAG SEIN ...

EIN FLUCH?

VERSTEHE.

DANN KAM NOCH DEINE SCHEIDUNG HINZU - UND FERTIG WAR DER FLUCH.

ICH DENKE, MEINE MUTTER WAR ANFANGS NOCH GLÜCKLICH ...

... ABER AM ENDE GING DOCH ALLES SCHIEF.

ALS MEINE MUTTER VOR LANGER ZEIT MEINEN ALKOHOLSÜCHTIGEN VATER VERLIESS, SAGTE SIE ...

... DASS SIE MIT EINEM VERSAGER WIE IHM NICHT GLÜCKLICH WERDEN KÖNNE.

DAS HÄNGT MIR NOCH ZIEMLICH NACH ...

TUBS

JE GLÜCKLICHER ICH MIT MASATO BIN ... DESTO GRÖSSER WIRD MEINE ANGST.

ICH BIN EIN VERSAGER, GENAU WIE MEIN VATER.

DEINE ANGST IST VON DER SORTE: „WAS, WENN MORGEN EINE NATURKATASTROPHE PASSIERT?“ …
DEIN UMFELD KANN DIR NOCH SO OFT SAGEN, WIE UNWAHRSCHEINLICH DAS IST. DU BIST DAGEGEN EINFACH MACHTLOS.
AUCH WENN DAS MASATOS WORTE WÄREN.
STIMMT.
ICH WILL IHN MIT SO WAS NICHT BEUNRUHIGEN …
… ABER ICH WEISS AUCH NICHT, WAS IRGENDWELCHE AUSLÖSER KÜNFTIG BEWIRKEN KÖNNTEN.
DIESE SCHWELENDE ANGST HABE ICH STÄNDIG IN MIR.
ICH WEISS NUR …
DINGE, DIE DAZU FÜHREN KÖNNTEN, DASS ER SICH VON MIR TRENNT …
… WERDE ICH UM JEDEN PREIS VERMEIDEN.

KEINE AHNUNG, WIE ICH DIESE ANGST IN MIR LOSWERDEN KANN, ABER ...

... DIESES PROBLEM MUSS ICH IRGENDWIE SELBST LÖSEN.

ALSO BITTE SAG MASATO NICHT, DASS ...

ICH WILL EINFACH WEITERHIN FRIEDLICH MIT IHM IN DIESER WOHNUNG LEBEN, MEHR NICHT.

ICH WERDE BRAV DER STILLE BEOBACHTER SEIN, KEINE SORGE!

NEIN, NEIN.

TUBS

WOLLEN WIR LOS?

VRÖÖÖÖ

HAAAH ...

FÜR DICH WÄRE ES HEUTE MIT EINEM JUNGEN KÄTZCHEN WOHL HUNDERT-MAL SPASSIGER, ALS MIT EINEM ALTEN SACK WIE MIR.

TUT MIR LEID FÜR DICH.

ACH? INS „LUCI-EN"?

HAB ERST NEULICH GE-DACHT, DASS MAN IHN DORT KAUM NOCH SIEHT.

NEIN, ER WOLLTE IN DIESEN LADEN IN NICHOME. DU WEISST SCHON, DEIN ...

IST MASA-TO HEUTE ALLEIN ZU HAUSE?

OH, WIE GROSSMÜTIG VON DIR!

ERLAUBEN? ER IST DOCH KEIN KLEINER JUNGE MEHR!

ABER ER-LAUBST DU IHM EINFACH SO, DASS ER DA HINGEHT?

ASAHI

BEI MIR WAR'S DAS FÜR HEUTE! BIST DU NOCH IN DEM LOKAL?

FRÜHER ALS ICH GEDACHT HÄTTE...

DANN WERD ICH JETZT AUCH GEHEN.

ICH MEINE...

KLAR WILL ICH ASAHI ZEIGEN, DASS ICH AUCH LOCKER SEIN KANN, ABER MAN MUSS ES JA NICHT ÜBERTREIBEN.

ER WAR KEINESWEGS BEUNRUHIGT UND HAT SICH GANZ NORMAL VON MIR VERABSCHIEDET.

TIPP

IST ASAHI NICHT AUCH HIER IRGENDWO IN SHINJUKU?

WIR KÖNNEN JA IM CONVENIENCE-STORE NOCH ALK BESORGEN UND ZU HAUSE WEITERTRINKEN.

TIPP

21:13

PING

VERDAMMT...

21:15 HEY, HOL MICH EINFACH AB! ♡

HIHIHI

AH! DA BIST DU JA, MASATO!

COOL, DASS DU GEKOMMEN BIST!

BZZZ
BZZZ

SCHON GUT, ES REICHT, WENN NUR ICH SEINE VORZÜGE KENNE.

HEY, WENN DAS SO IST, DANN GEH DOCH WIEDER HÄUFIGER AUS!

プル
SLUFF

EH? WIESO NICHT?

UND ICH WERDE WOHL AUCH NICHT MEHR HIERHER- KOMMEN.

SORRY, ABER AUF DIESE ART BIN ICH NICHT MEHR VER- FÜGBAR.

AH! RITSU IST ABGE- BLITZT!

WEISST DU, MIT MEINEM FREUND LÄUFT ES GRADE NICHT SO GUT ...

RITSU ...

KLINGT AUS MEINEM MUND VIELLEICHT SCHRÄG, ABER ...

... DU SOLLTEST DIR JEMANDEN SUCHEN, AUF DEN DU WIRKLICH VOLL STEHST.

DANN KÖNNTEST DU AUFHÖREN, DIR STÄNDIG ANDERSWO ERSATZ ZU SUCHEN.

OH ...

ES BEFRIEDIGT DICH WOHL NICHT MEHR, IMMER NUR ZU RAMMELN, WAS?

TAKUMI ...

HI! LANGE NICHT GESEHEN!

UND DU BIST HEISS BEGEHRT WIE EH UND JE, MASATO!

GRAB

ASAHI TRÄGT PARFÜM ...

DAS KLINGT MIR NACH EINER RICHTIGEN PARTY.

ER HAT FÜR DAS OUTFIT GESORGT.

NARU MEINTE, ICH SOLLE ALS SEINE BEGLEITUNG NICHT PEINLICH AUSSEHEN.

DA GIBT ES EBEN EINEN DRESSCODE.

DU WEISST DOCH, DASS ICH DIESE IMMOBILIEN-HEINIS GETROFFEN HABE.

WUSSTE GAR NICHT, DASS DU EINEN ANZUG BESITZT.

WARUM DIESES OUTFIT?

WOPPS

UND WENN ICH ...

FLOMP

... JETZT SAU-ER BIN, DANN NUR AUF MICH SELBST WE-GEN MEINER DUMMEN ...

BONKS

ICH MUSS DIR WAS BEICH-TEN ...

WAS DENN ...?

HUH?

ALS ICH DIR HEUTE MOR-GEN SAGTE, DASS ICH AM ABEND AUSGEHEN WÜRDE ...

... HATTE ICH IN WAHRHEIT GEHOFFT, DU WÜRDEST EI-FERSÜCHTIG WERDEN.

ICH WOLLTE DEINE REAKTION TESTEN.

SWIFF

AH ...

STIMMT, ICH HAB SOFORT GEMERKT, DASS ER MICH PRO-VOZIEREN WOLLTE.

UND WIE-SO?

DARUM HAB ICH BESCHLOSSEN, MEINE HALTUNG ZU ÄNDERN!
ICH AKZEPTIERE EINFACH, DASS ICH DICH MEHR LIEBE ALS DU MICH!
WAS FÜR EIN GRANDIOSES LIEBESGESTÄNDNIS ...
OH MANN ...
ABER DU HAST NUR ÜBER DICH SELBST GESPROCHEN.
UND WENN ICH ES TROTZDEM WISSEN WILL?
VIELLEICHT WÜRDEST DU EINEN RÜCKZIEHER MACHEN, WENN DU WÜSSTEST, WIE ES IN MIR AUSSIEHT.
SWIFF

GRUUU

GRUUU

WER HAT DIE DENN ALLE WEG-GEFUT-TERT?

DIE MOCHI, DIE ICH ZU SILVESTER ESSEN WOLLTE ...

LOS! GEHEN WIR, BEVOR ES DUNKEL WIRD!

UGH

DIE WIRST DU NACH HAUSE TRAGEN!

NACH DEM PUTZ MACHEN WIR DIE NEU-JAHRS-EINKÄUFE.

ZUCK

HAB MICH GESTERN NACHT VOLL VERAUSGABT.

ICH BIN ABER TOTAL ER-LEDIGT.

ÜBRIGENS, WOLLTEST DU ZU NEUJAHR NICHT EINEN HEIMAT-BESUCH MACHEN?

DEINE MUTTER HAT DOCH NEULICH AN-GERUFEN?

ACH, ICH HAB IHR GESAGT, DASS ICH AM ZWEI-TEN JANUAR KOMME.

ACH JA?

ICH WILL DEN JAHRES-WECHSEL MIT DIR VER-BRINGEN ...

PFFF

HA HA HA!

HAHAHA

SIEHST DU DICH SELBST SO?

DAMIT LIEGE ICH DOCH NICHT FALSCH, ODER?!

WAS GIBT ES DA ZU LACHEN?

ICH KANN PRIMA KO-CHEN, BIN GUT IM BETT ...

... UND EINFACH NUR DEIN „SÜSSER LOVER", KLAR?

ICH HABE FÜR 17 UHR RESERVIERT.

WANN WOLLTEN WIR HEUTE DA HIN?

HEHE-HE ...

LOS, GEHEN WIR.

* DIE EHEFRAU (QUASI) BEI DEN VORBEREITUNGEN
FÜR DIE SILVESTERFEIER UND DER EHEMANN (QUASI),
DER NUR MAL KOSTEN WILL.

episode.7

Love Nest 2nd

ICH HATTE ZWAR SCHON DAVON GEHÖRT, ABER ...

ICH BIN MASATOS MITBEWOHNER, MEIN NAME IST YAJIMA.

VERBEUG

SEHR ERFREUT.

... NUN BIN ICH DOCH ÜBERRASCHT, DASS MASATO SO EINE JUNGE, ATTRAKTIVE MUTTER HAT!

GANZ MEINERSEITS! ICH BIN KANAKO, MASATOS MUTTER.

HACH, DU SCHMEICHLER!

FREUT MICH, DASS DU DICH SO GUT MIT IHM VERSTEHST!

JA, MICH AUCH.

TUT MIR LEID, WENN ICH GLEICH NACH DER ANKUNFT UM DIESEN GEFALLEN BITTE.

KEIN PROBLEM!

UFF

TRITT EIN IN UNSER BESCHEIDENES HEIM.

DANKE.

FÜHL DICH WIE ZU HAUSE!

DODOM

SEHR GUT, DAS HAT NATÜRLICH GEWIRKT ...

DODOM

VIELEN DANK, DASS DU DICH UM ALL DIE DINGE GEKÜMMERT HAST!

HAAAH

SCHÖN WARM ...

IM WINTER GEHT NICHTS ÜBER EINEN KOTATSU*!

UND WIE SCHNELL DU DABEI WARST!

NEIN, GANZ UND GAR NICHT!

DAS WAREN DOCH NUR KLEINIGKEITEN.

* BEHEIZTER TISCH

NICHT NUR DIE WOHNUNG, DAS GANZE GEBÄUDE!

DU BIST ALSO SELBSTSTÄNDIG UND FÜHRST DEIN EIGENES BÜRO.

UND DIE WOHNUNG, IN DER DU UND MASATO LEBT, GEHÖRT AUCH DIR, NICHT WAHR?

AH, MÖCHTEST DU TEE, YAJIMA-SAN?

*** 1. SCHULTAG

OKAY! AUS DEM LADEN, WIE IMMER, JA?

DEIN FUSS!

HEY, DU SOLLST DICH DOCH SCHONEN, MAMA!

ICH MACHE DEN TEE, SETZ DICH!

HACH, ÜBERTREIB NICHT SO!

HOL UNS LIEBER MAL DIE SOBA**! ICH HABE DREI PORTIONEN BESTELLT!

HAHA

RASCH, BEVOR ES DUNKEL WIRD!

** BUCHWEIZENNUDELN

SIE SCHMECKEN AM BESTEN DIREKT AUS DEM KOCHTOPF.

IM HAUSE HOZUMI IST ES TRADITION, FRISCHE NUDELN ZU KAUFEN UND DAHEIM ZU KOCHEN.

GIBT ES DENN KEINEN LIEFERDIENST FÜR NEUJAHRS-SOBA?

AH ...

DER KERL IST ECHT ERSTAUNLICH ...

ICH HÄTTE BEDENKEN, ALLEIN MIT DER MUTTER MEINES LOVERS RUMZUSITZEN.

ALSO DANN, ASAHI ...

BIS GLEICH!

NEIN!!

DU KOMMST MIT!

TEMPURA* WIRD ABER IMMER DAHEIM ZUBEREITET.

NIEMAND MACHT TEMPURA SO GUT WIE MEINE MUTTER!

OHA.

TROTZ GLEICHER ZUTATEN UND ZUBEREITUNG!

* FRITTIERTES GEMÜSE ODER MEERESFRÜCHTE IM TEIGMANTEL

UND DASS DU MICH LIEBER MIT BRÜSTEN HÄTTEST?

GRM

DAS WAR KEINE SCHMEICHELEI.

ICH DACHTE MIR, WÄRST DU EINE FRAU, WÜRDEST DU IN EIN PAAR JAHREN IN ETWA SO AUSSEHEN.

TRAG NICHT SO DICK AUF MIT DEINEN SCHMEICHELEIEN.

"JUNG UND ATTRAKTIV", ECHT JETZT?

DERSELBE AUSDRUCK BEIM LACHEN!

DU BIST DEINER MUTTER SEHR ÄHNLICH.

OHA.

KLAR, ICH BIN SCHLIESSLICH IHR SOHN!

IDIOT!

WUSSA

カリシ

カリシ

WUSSA

HEY!

EIN SCHÖNER MENSCH IST EBEN EIN SCHÖNER MENSCH, EGAL OB MANN ODER FRAU!

HM! KLAR, DAS STIMMT!

TJA, WÄRE ICH EINE FRAU, HÄTTE ICH BESTIMMT GROSSE BRÜSTE!

WIESO BIST DU DA SO SICHER?

ZU VERMIET...

DER SCHÖNHEITSSALON HAT DICHTGEMACHT ...

ALS KIND HAT MICH MEINE MUTTER MANCHMAL HIERHER MITGENOMMEN UND ICH HAB BONBONS GEKRIEGT.

xxxx

HUH?

OFT WAR HIER AUCH EINE FRAU, DIE FURCHTBAR WÜTEND WERDEN KONNTE.

HM ...

MAMA, WAS IST MIT DEN MOCHI?

DIE HABE ICH SCHON GEKAUFT!

DAS ESSEN WAR KÖSTLICH!

VIELEN DANK!

UND FROHES NEUES JAHR!

GARARA

OKAY, DA BIN ICH WIEDER.

AH, JA.

FÜR MICH IST ES AUCH UNGEWÖHNLICH, DASS DU HIER BIST.
ICH HAB GANZ WEICHE KNIE ...
... UND SPÜRE DIESE AUFREGUNG IN MIR.
ES IST GERADEZU, ALS HÄTTEST DU MEINE ERINNERUNGEN BETRETEN ...
JA, GENAU.
HEY, ASAHI ...
MORGEN SOLL DAS WETTER SCHÖN WERDEN. WOLLEN WIR UNS DEN SONNENAUFGANG ANSEHEN?
DER SONNENAUFGANG AM MEER IST WUNDERSCHÖN. ICH WÜRDE IHN DIR GERN ZEIGEN.

ER FÜHLT SICH OFFENBAR GANZ WIE ZU HAUSE ...

NOM NOM NOM

IST DIE TEIGMASSE GUT SO?

JA, PRIMA.

PSST

YAJIMA-SAN WIRKT SEHR NETT, ICH BIN ERLEICHTERT.

ABER AUF IHN IST IM NOTFALL BESTIMMT VERLASS!

DA WAR ICH EIN WENIG BESORGT.

IMMERHIN WOHNST DU ZUM ERSTEN MAL MIT JEMANDEM ZUSAMMEN.

EH?

DODOM

DING DONG

FI... FINDEST DU?

JA, ES LÄUFT ECHT GUT MIT IHM.

AH, DAS MEINTE SIE ...

UFF

JA, BITTE?

GARARA

SCHON GUT, ICH MACH AUF!

HM? WER KOMMT NOCH UM DIESE ZEIT?

EH? WAS REDEST DU DA?

ICH MACHE HIER GRADE HAUFENWEISE TEMPURA!

KRABBE?

TOLL! MIT KRABBE ZUM ABENDESSEN WIRD DAS EIN WUNDERBARER JAHRESWECHSEL!

TADAAA

NEIN, SIEH NUR!

EINE KRABBE! JA, EINE KRABBE!

EINE SCHNEEKRABBE!

TATSÄCHLICH! WAHNSINN!

DIE KANN MAN JA KAUM ESSEN, SO RIESIG IST SIE!

DU MUSST DICH SEHR BEI IHM BEDANKEN!

ALSO MIR IST BEIDES RECHT!

DICH HAT NIEMAND GEFRAGT!

GRM

KRABBE SCHMECKT AM BESTEN, WENN SIE LANGSAM ÜBER NACHT AUFGETAUT WIRD! WIR ESSEN SIE MORGEN!

WAAAS?! ES MACHT DOCH KEINEN UNTERSCHIED, WENN MAN SIE OHNEHIN KOCHT!

ICH HABE LUST AUF KRABBE!

SEI NICHT SO STUR!

SELBER STUR!

ES IST ALSO EINE WIN-WIN-SI-TUATION!

STIMMT!

NA JA, ALSO ...

»BLEN-DEND« WÜRDE ICH NICHT SAGEN.

ICH DENKE, MASATO ER-TRÄGT MEINE SCHLAMPIG-KEIT NUR SEHR SCHWER.

DAFÜR ER-LÄSST ER MIR ABER EINEN TEIL DER MIETE!

ASAHI KANN NICHT KOCHEN UND VERSAUT STÄNDIG DAS WOHNZIMMER. KLAR MUSS ICH DA MANCHMAL DIE INITIATIVE ERGREIFEN!

DU MUSST NICHT SO INS DETAIL GEHEN ...

DARUM HILFT ER MIR IN VIELEN DINGEN!

ACH ...

VERSTEHE.

SPLASH

HAAAAH ...

DAS TUT GUT ...

LOS, SETZ DICH, YAJI-MA-SAN!

LASS DIR VON DER BESITZERIN DER BELIEBTESTEN SNACKBAR DER STADT EIN GLÄSCHEN EIN-SCHENKEN!

STEH DA NICHT IN DER KÄLTE RUM!

OH, WAS FÜR EINE BEZAUBERNDE EINLADUNG!

DANN KÖNNEN WIR BEIDE EIN PAAR DRINKS ZUSAMMEN NEHMEN!

DONKS

ÜBERLASS DAS FAHREN EINFACH MEINEM JUNGEN!

GATTA

PATAM

AHAHA

ABER ICH MUSS MORGEN MIT DEM AUTO FAHREN ...

JA?

SAKESCHÄLCHEN

OKAY ...

WOPP

WIE MUTTER UND SOHN ...

ICH HABE DIR ETWAS ZU SAGEN UND MÖCHTE, DASS DU MIR GENAU ZUHÖRST.

BIST DU BEREIT DAZU?

FORTSETZUNG FOLGT

SUTOPPU!

**Koko wa kono manga no owari dayo.
Hantaigawa kara yomihajimete ne!
Dewa omatase shimashita!
Tanoshii hitotoki wo dozo!**

Egmont-Manga-Chiimu

STOPP!

**Das ist der Schluss des Mangas.
Fangt bitte am anderen Ende an!
Und nun genug der Vorrede,
viel Spaß beim Lesen!**

Euer Egmont-Manga-Team

www.egmont-manga.de
Mehr Boys Love findest du im
Buch- und Fachhandel und auf

EGMONT
📖 Shop

www.egmont-shop.de

„Love Nest 2nd 01" von Yuu Minaduki
Aus dem Japanischen von Monika Hammond
Originaltitel: „Love Nest 2nd" vol. 01

Originalausgabe:
Love Nest 2nd vol. 01
© 2021 Yuu Minaduki
All rights reserved.
First published in Japan in 2021 by
SHINSHOKAN CO., Ltd. Tokyo
German version published by EGMONT
Verlagsgesellschaften mbH under
license from SHINSHOKAN CO., Ltd.

Deutschsprachige Ausgabe:
2025 Egmont Manga
verlegt durch Egmont Verlagsgesellschaften mbH,
Alte Jakobstr. 83, 10179 Berlin

1. Auflage
Verantwortliche Redakteurin: Luisa Steinhäuser
Textbearbeitung: Madlen Beret
Korrektorat: Christopher Bünte
Gestaltung: Esther Strunck
Koordination: Angelika Schönhuber
Printed in the EU
ISBN 978-3-7555-0465-8

**story
house**
EGMONT

Die Egmont Verlagsgesellschaften gehören als Teil der Egmont-Gruppe zur
Egmont Foundation - einer gemeinnützigen Stiftung, deren Ziel es ist, die sozialen,
kulturellen und gesundheitlichen Lebensumstände von Kindern und Jugendlichen zu
verbessern. Weitere ausführliche Informationen zur Egmont Foundation unter
www.egmont.com